桂殿秋

朱建春/主编

中国·苏州
古吴轩出版社

图书在版编目（CIP）数据

桂殿秋 / 朱建春主编 . — 苏州 : 古吴轩出版社，2019.9
（原味姑苏）
ISBN 978-7-5546-1407-5

Ⅰ . ①桂… Ⅱ . ①朱… Ⅲ . ①散文集 — 中国 — 当代 Ⅳ . ① I267

中国版本图书馆 CIP 数据核字（2019）第 199873 号

统筹策划：中共苏州市姑苏区委宣传部
名城苏州网站
副 主 编：黄 河 黄 健
执行主编：江南颐
通联编辑：仲 鑫 江尧瑞
责任编辑：张 颖
见习编辑：李 倩
版式设计：张 凡
责任校对：韩桂丽 沈 玥
封面摄影：杜祯彬
封面题字：老 郎

书 名：桂殿秋
主 编：朱建春
出版发行：古吴轩出版社
地址：苏州市十梓街 458 号 邮编：215006
Http：//www.guwuxuancbs.com E-mail：gwxcbs@126.com
电话：0512-65233679 传真：0512-65220750
出 版 人：钱经纬
印 刷：张家港市恒丰包装有限公司
开 本：787 × 1092 1/16
印 张：6
版 次：2019 年 9 月第 1 版 第 1 次印刷
书 号：ISBN 978-7-5546-1407-5
定 价：28.00 元

秋日

余怀霖

那些秋风，开满了阳光。
夏天，已经沉默。
仿佛是一个假象，仿佛又不是。
金黄的稻浪里，齿轮
在转动，念珠也在转动。

万物开始澄明。
它们就在眼前，但我们
无法抵达。那巨大
而结实的树影投下来
就像大地的花冠。

07

22

13

61

目录

秋日 / 余怀霖

01 **荷风鼓荡的日子** / 薛亦然

07 **姑苏秋日的况味** / 王梦沂

13 **半冷半暖是秋天** / 吴迈

19 **桂雨秋香，更与何人说** / 谢晓春

22 **时光之上：贝聿铭与苏州博物馆** / 胡亦敏

31 **在钮家巷，追寻状元的足迹** / 倪熊

36 **带城桥下塘与《红楼梦》的故事** / 卢群

41 **饮马桥堍关帝庙** / 孙中旺

46 **苏州那些与官府相关的街巷** / 潘君明

51 **网师园彩霞池的文化密码** / 嵇元

54 **格物 立意 平常心——《濮建生画册》序** / 王稼句

61 **苏州城最后的鱼鹰** / 于祥

66 **一出昆曲名戏的台前幕后** / 顾斌

71 **老派苏州人的饮食撷趣** / 克念

77 **一坛叫人上瘾的桂花酒** / 熊猫君

82 **吃蟹那点事** / 何笛

86 **太仓街头的肉松传奇** / 茅震宇

江南水乡六月天，处处莲荷开

荷风鼓荡的日子

文 / 薛亦然　图 / 于祥

苏州人是不是特别敬畏雷公，这要打个问号。

雷公生日在农历六月廿四，苏州人从六月初一就开始恭恭敬敬地吃斋，名曰“吃雷斋素”。一直吃到雷公生日这一天，才如释重负似的开荤，哄到松鹤楼菜馆吃一碗肥肥的卤鸭面，还由此产生了一条吴地专属的歇后语：雷斋素开荤——卤鸭面。虔诚得可以，好像如此这般就可以消灾避疫保平安了。但我总怀疑这是出于苏州人度夏的养生策略，清淡为佳，所谓雷公生日之说只是打鬼借助钟馗而已。

吃了卤鸭面，苏州人各自呼朋唤友，红男绿女们急匆匆从不同的路线拥出葑门，直奔荷花荡而去。雷公生日也是荷花生日，苏州人的观莲节。真是表里都实惠的一天，纵情放荡的一天。

荷花是六月花神，观莲节又称采莲节。雷公与荷花，一阳一阴，一天一地。一位恶煞声响，一位妩媚面容；一位霹雳手段，一位菩萨心肠——倒是相映成趣的一对龙凤胎。

江南水乡六月天，处处莲荷都恨不得从水面上铺排到地面上来，摇翠摇红，清香远溢。藕丝一样的渔歌遥遥地从绿云边飘过来。吃了近一个月素斋的苏州人再也按捺不住了，一个个飞也似的扑向荷花仙子的怀抱。

苏州观莲节历史久远。明代张岱的《陶庵梦忆》中《葑门荷宕》一文，记载了苏州人过荷花生日的热闹景象："天启壬戌六月二十四日，偶至苏州，见士女倾城而出，毕集于葑门外之荷花宕……"《清嘉录》中也有"荷花荡"条目："是日，又为荷花生日。旧俗，画舫箫鼓，竞于葑门外荷花荡，观荷纳凉。"清人袁景澜的记述则更详尽："值荷诞日，画船箫鼓，群集于此……或有观龙舟于荷花荡者，小艇野航，依然毕集。每多晚雨，游人赤脚而归，故俗有赤脚荷花荡之谣。"

赤脚荷花荡，呵呵，有意思。红男绿女一个个拎着鞋子在雨中嘻嘻哈哈地奔跑，有点狼狈，有点颠狂。也许看荷花的人们正暗自盼着来一场疾雨呢，扫去一些暑气，也扫去一些斯文，那才是真正的尽兴，才是雷公和荷花仙子共同导演的一出好戏。

荷花荡里万人引颈翘望，却不见一花开放，这才真是大杀风景。当然，苏州人还是有办法对付"杀风景"的，就是笨鸟先飞——别人没来的时候我早就来了，"每于先日预备一切，拂晓登舟，于旭日未升、零露未收时抵其处，为尤妙"。这"尤妙"妙在无人——风景是给人准备的，而人恰恰最容易成为风景的天敌。这是当年老苏州撰写的《苏州指南》为观莲节开出的方子。

从前苏州人喜欢去玩的荷花荡有三处：一是石湖湖湾的走狗荡，二是天荡西北湖湾的葑门荷荡，三是黄天荡。生活在荡边的农民对荷花节很敏感，他们知道从荷花初放一直到早藕上市，时常会有船从城里划来赏荷纳凉。在他们眼里，坐着船来的都是城里的有钱人，船也大，一般有三支橹，都是些画舫，船上搭有凉棚，棚下放置方桌。赏荷的游船在河浜找处凉快的

荷风鼓荡 顾曾平 / 绘

阴历七月三十苏州人烧“狗屎香”

地方停下，游人们便开始边饮酒喝茶，边欣赏荷荡风光。这时便有三五农家顽童下水采摘荷花莲蓬，或者挖出整枝嫩藕，掮在肩上泅水而来，兜卖给游客。

民俗也是盛极必衰的。后人说起前尘旧事，不免充满向往与惆怅。苏州观莲节旧事中最令人神往的传奇写在《荷花荡》里。《荷花荡》是明代剧作家马佶人的作品，记载了一段才子佳人的风流韵事：

寄寓在虎丘僧舍的穷公子李梦白和家住阊门的富家小姐傅莲贞原本素不相识，在六月二十四这天，他们巧遇在葑门外的荷花荡，便一见钟情。李公子情意款款地采来一枝并蒂莲送给傅莲贞，傅小姐则含情脉脉地回赠以莲子，于是二人演绎出缠绵悱恻的佳话来。剧中李梦白还说过一句流传至今的名言——世上无难事，只怕有心人。这也是一种痴情人的信念吧！有了这段佳话，苏州的观莲节可以说功德圆满了。

没多久便是乞巧节了。苏州女孩有七月初七夜向织女测试自己智慧和技艺的“乞巧”习俗。她们预先用茶杯盛好井水与河水混合的“鸳鸯水”，放在庭院里承接露水，将三种水一起搅和后，再等日照让水面生膜。乞巧之夜女孩们将小针小心翼翼地放置于水面上，认真审视水底针影，若针影呈云龙花草状即为“得巧”，而似锥杵状者则为“拙巧”，于是小姑娘们心里便各有喜忧。

接下来是农历七月三十地藏王生日，要做“点地藏香”和“放水灯”两件事。苏州人每逢这一天便要在家门口的小巷里遍插棒香来纪念张士诚，俗称“烧九四香”，因为张士诚乳名“九四”，说顺了，“九四香”便成了“狗屎香”。据说是当年老百姓为了帮助张士诚突围，从葑门、盘门，直到蠡墅，一路插遍香火引导他，祈愿他逃脱追捕。

这个传说还有另外一种版本。说的是齐门失守后，张士诚带着亲兵往胥门跑，老百姓怕他被朱元璋的兵追上，便在他走过的路上插上棒香来遮掩马蹄印。朱元璋的军队进城后很奇怪，老百姓就说这是给地藏王菩萨烧地藏香好消灾纳福的。又怕朱元璋追究，就有意把“九四香”说成“狗屎香”，说是给小孩子点了“白相相”的。

这天晚上，不仅苏州城里大街小巷四处香火明灭，市河里也热闹得很。里巷间集资请和尚泛舟河中诵经祭奠孤魂，沿河人家纷纷用五色纸扎成莲花，花中放置小蜡烛，做成莲花灯。夜幕降临，便把这些莲花灯浮放水面，任其漂远，且行且亮。在一片诵经声、铙钹声、鼓乐声中，遥望水面莲灯闪烁，延绵水巷蔚为壮观，与之前的观莲节景象联缀成夏天的首尾呼应之势。

蝈蝈的叫声给苏城送来了缕缕秋韵

姑苏秋日的况味

文 / 王梦沂　图 / 于祥

暑意渐去，秋风初起，古城苏州的街头有了丝丝秋意。夕阳西下时，我漫步在相门河边，走过爬满岁月痕迹的斑驳城墙。从砖缝墙根中恣意生出的藤萝，给城墙勾勒出了一层古旧静美的轮廓。余晖映照下，河边的树叶昏昏欲睡，带着秋的慵懒，在古城墙上留下参差的剪影。姑苏之秋的天空，沉静、明澈而高远，恬淡悠闲的白云，随心所欲地挂着，一如睡莲、游鹅、闲狮、野鹤……

尽管人们依然身着夏装，但其生活已悄然发生了变化。姑苏特有的秋味开始挑逗人们的味觉。

最先飘入鼻腔的，是糖炒栗子的香气。巷口有家糖炒栗子店，路过那一段路时，能嗅到满街弥漫着的栗子香。他家所炒的栗子据说是天津良乡的，而真正的苏州东山栗子要再过个把月才上市。东山的栗子肉色淡黄，有“东山蛋黄板栗”之称。栗子的吃法有很多种，我觉得东山的蛋黄栗子烧鸭、烧五花肉最好吃。

东山的白果（银杏）虽然离上市还有几天，但仿佛已能感觉得到这秋味浓郁的果实了。遗憾的是，现在苏州老街上已没了“香炒糯白果”的叫卖声。那又香又糯的秋之况味，后来被人发现在家中的微波炉里可轻易得到重现，这聪明得足够使人骄傲。而当银杏叶儿黄时，应是姑苏秋味最浓的时候，金黄漫城遍街，苏州就像童话里的世界。

银杏叶儿黄时，应是姑苏秋味最浓的时候

市场上的芋艿倒是早早亮相了。糯香糍甜的桂花糖芋艿，是姑苏人家中秋必吃的传统时令点心，家家不可缺。如今性急嘴馋些的人家，早已烧了好几次桂花糖芋艿了。

现在芋艿倒也不贵。十来元钱可烧一大锅了，而且省事。市场有新鲜光洁的现成芋头卖，称两斤回家，加一点食用碱，加一点红糖，用文火“笃”，香味会慢慢越来越浓，最后加一点糖桂花便成了。那芋艿汤汁酱红绵甜，白润的芋头鲜亮诱人，让人吃得不愿意放下勺子。

产于水中的鸡头米可就贵多了。作为秋味点心的领衔者——著名的苏式甜品“冰糖鸡头米”，时令性相当强，只在中秋前后最为好吃，而且鸡头米必须新剥。小锅中水烧开后，将脆生白嫩的鸡头米倒入，稍滚即闭火，加少许冰糖屑，用精致的小瓷碗盛上，清香四溢地端上桌来，就像一碗淡淡的碧螺春茶水，泡了小半碗洁白圆润的珍珠。吃上去滑爽糯润、满口清甜。我总觉得将鸡头米用来炒菜的做法，简直是暴殄天物。

鸡头米是秋味点心的领衔者，但采摘很辛苦

冰糖鸡头米雅到极致，如秋味中的昆曲，但曲高和寡，毕竟价格贵了些呀。不过不要紧，同样产于水中的红菱，营养并不比鸡头米差，其容颜也为苏州的秋味增色不少。苏州人非常喜欢吃水红菱，普通人家的老太上街买菜，看见水嫩无比的红菱，总会称两斤回家。不仅仅因为红菱价廉物美、漂亮鲜艳、爽脆甜嫩，还因为它讨了个好口彩——“菱”和“灵”同音，苏州人总希望在生活事业上，沾上点灵气。

转眼桂花就要开了，再往后秋味将越来越浓。蟹肥膏黄、重阳赏菊、天平红枫、月色赏桂……醇厚饱满的姑苏秋味秋色，浓得是化都化不开。光福山坳中，桂花漫山遍野竞相怒放，桂香阵阵、馥郁芬芳。苏州人甚至会不顾“秋老虎”的炎热，流着汗漫步于山花间，欣赏魅力独特的木樨花阵。周瘦鹃的“踏月归来香汗湿，红闺无奈木樨蒸”，就道出了苏州人月下赏桂的特有心境。

周瘦鹃的“踏月归来香汗湿，红闺无奈木樨蒸”，就道出了苏州人赏桂的特有心境

“木樨花”是苏州人对桂花的别称。“木樨蒸”这个词，指木樨花逢暑热蒸腾后盛开，花会开得愈加浓香。苏州人喜爱桂花、植桂赏桂的历史相当悠久。在大街小巷、庭前屋后，到处都能见到它柔美多姿的身影。苏州人家有道家常菜叫作“木樨肉”，好听而雅致，其实也就是鸡蛋和肉末一起搅和，起个油锅细细煸炒一下。那鸡蛋淡淡的黄色和肉末的橙红，星星点点、细细碎碎，很像一碗木樨花，可见苏州人对木樨花钟爱到了极致。

除了秋味秋色，还有秋音。

在平江路口，我遇到了一个满挑“叫蝈蝈”笼子的老汉。两堆小竹笼里，此起彼伏的蝈蝈鸣声，给苏城送来了缕缕秋韵。我童心顿起，上前买了一笼，回家挂在了窗台。蝈蝈的叫声不仅给家里带来了秋声秋韵，仿佛还提前带来了些许凉意。叫蝈蝈应该是秋天的天然歌唱家吧？曾看到一位诗人这么写来着：冬天是望的，春天是看的，夏天是闻的，而秋天却是听的。

我觉得很有道理。冬天冷，隔着窗户望飞雪；春天呢，能出游赏景，看春花烂漫；夏天除了闻花香还有瓜果香；而到了秋天，就应用耳朵来倾听了。早早将秋音叫得肆无忌惮的，那便是高音歌手“知了”——知了辛苦了一个夏天，终于爬到树冠，却觉得还没树根下阴凉，就很后悔，于是“急呀——急呀——”地大叫，怪不得叫“苦蝉”。叫蝈蝈的鸣叫，则相对比较含蓄，当窗外的蝉鸣流露出凄惶之声时，叫蝈蝈则以一曲曲清丽的秋歌，“唧——唧——唧——”地欢叫着。

但如要评出秋天好声音，冠军却应是一种苏州人称之为“唧蛉子”的秋虫——黄蛉。黄蛉的鸣声清脆动听，就像是从远处传来的若有若无的电话铃声：“唧铃铃……唧铃铃……”适合静静地聆听。苏州人会用精巧的器具，将黄蛉精心饲养起来，或随身携带，或静放床头。饲养得好的，甚至到了冬天，仍听得到黄蛉欢快的秋音。和那蟋蟀的叫声一样，它很容易让人的心静下来。尤其在秋夜，窗外传来蟋蟀的鸣叫，像一首韵味十足的神秘园乐曲，让人听着听着便有了睡意，慢慢进入了梦乡。

秋味、秋色、秋音，姑苏之秋的况味，让姑苏的城市山林、近水远山、庭园老街，闲适淡远与世无争，悠悠地跨过了一个世纪又一个世纪……

翻被头 顾曾平 / 绘

半冷半暖是秋天

文 / 吴迈

每年十一月立冬时节，苏州才刚有了些秋天的模样：满城的桂花落完了；东山的橘子渐渐转红；狮子林的菊展如火如荼；阳澄湖的大闸蟹也到了最好吃的日子；西山人挑着白果到城里来卖；街头又多了不少糖炒栗子店，翻滚的栗子充满了闯荡江湖的气息，被渐起的西风恣意托到鼻尖。

这是苏州的深秋，我最热爱的季节。

对苏州人而言，立秋之后迎来的是气温有甚于盛夏的“秋老虎”，只有过了中秋，天气才真正开始凉起来。寒露之后，渐渐有树叶飘落，方惊觉流光飞舞，翻一翻日历，竟然已临近立冬。

这几天落雨了，先是落得敷衍。刷啦啦一“歇”，地都没怎么湿就停了，也不见晴，一会儿又来一“歇”，漫不经心地，正是苏州人说的“秋拉洒”。“歇”字的吴方言读音正是苏州人用来形容一场秋雨的量词，“一歇”，虽然与“一场”差不多意思，但是，“一歇雨”与“一场雨”，终究还是有不同的。

雨落着落着，就认了真，像一场恋爱，谈着谈着，便离不了了，连绵不绝，不依不饶，浸润了整片吴中大地。母亲在世时常念叨一句话，“一场秋雨一场凉，十场秋雨要穿棉”，便是这半冷半暖秋天的节奏了。

一

苏州的秋风是不够萧瑟的，如同苏州人温吞的性子。大多时候，仲秋与深秋的日子都宜于登高，天高云淡，清风疏朗，比短暂的春天更适合郊游。

在今天，秋游不是什么大事。逢到周末，开上私家车，带了野营帐篷，找个湖光山色的去处，钓鱼的钓鱼，烧烤的烧烤。对于小时候的我而言，秋游和春游是一年中并重的仅有的两次放飞。

学校组织的秋游多半是爬山。灵岩山、天平山、天池山、花山……所游之处都是那时苏州的远郊。租大巴不是常态，有时是要靠走路的。

所有的孩子都喜欢秋游，因为可以在书包里带上食物彼此分享。零食吗？你想多了。我们秋游带的是正经的午饭：两只馒头，或包子，或面包，一壶开水，也许可以加两个跟父母央求来的鸡蛋，幸运的时候，也许还会有一块巧克力。能带上这些食物的孩子满脸写着骄傲，巴不得把书包打开给大家瞧。家里穷困的孩子只是带一饭盒隔夜饭，就点榨菜。但不管怎样，终于能秋游的我们，是多么盼望这样的“远行”呀！

我和我母亲一样，不喜穿袜。入秋以后，母亲见我还一双凉拖进进出出，就正色道：“寒从脚下起，入秋了，要穿袜子。”我瞥一眼她老人家也光着的脚，挤挤眼睛答道：“对啊，该穿袜子了。”然后，我们两个都继续光脚。

母亲不仅不爱穿袜子，连手套、帽子和围巾等，一概能免则免。想是她一辈子都向往自由自在的生活，向往来一场说走就走的旅行，向往可以无所顾忌、没有羁绊的快意人生。到了知天命的年纪，我才明白自己对秋天的喜爱，原来跟母亲如出一辙。

二

天要“作冷”哉。小时候听到母亲对父亲讲这句话，我就知道，我家这个周末要“翻被头”和“翻箱子”了。

被面是最有讲究的 于祥 / 摄

“翻被头”是“前床用时代”家务活的一场大戏。那时被套还没被发明，被子是手缝的。选新一点软一点的棉花胎（旧一点硬一点的棉花胎当作褥子用），底下铺上夹里，也是棉布的，上面再铺好被面，然后把夹里的四边包到正面，搭住被面，用白色的棉纱线穿了缝被子专用的粗针，将被面、棉花胎、夹里共三层缝到一起，四个直角处要折成45度的对角线叠好，缝出来的被子才周正好看。

被面是最有讲究的。普通的用花布，上好的则用真丝绸，甚至是带有刺绣的锦缎。也有中间档次的，用一种看似丝绸，实际非真丝的纤体被面。若谁家嫁女儿，邻居阿姨要争先去看一看嫁妆被子，四条、六条或者八条，而被面的材质，就反映了嫁妆的体面标准。说来也奇怪，被面于婚事至关重要，于丧事却也不可或缺。谁家有人去世了，吊唁的亲友送来被面，一条条悬挂在灵堂两侧，贴上白纸写的“奠”字，竟颇为壮观。

“翻箱子”是衣裳换季必做的功课，也是体力活。秋衣和冬衣被母亲有序地收纳在不同

翻滚的栗子充满了闯荡江湖的气息，被渐起的西风恣意托到鼻尖 于祥 / 摄

的箱子里，三口箱子上下垒在一起，最底下的是一口半新半旧的樟木箱，用以放置最贵最好的羊毛衣服，可以防霉防蛀。父母合力将箱子一个个抬下来，平放到地上，打开锁，母亲将需要的衣服一一取出，再把夏天的衣服收进去，箱子按原样再垒上。

箱子被打开时，樟脑丸的气味满屋子乱窜。我喜欢凑上前去，似乎箱子里藏了什么惊喜。母亲把我赶开，嗔怪道："有啥好看，也不是西洋镜。"

后来我们不再住老房子了，换季时也再不用"翻箱子"。但是，母亲依旧保持了每个季节整理一遍衣物的习惯，似乎只有这样才叫"过日脚"。再后来，母亲的意识越来越模糊与混乱，时常一遍又一遍地整理她的衣柜，找她找不到的东西。衣物变得无序，母亲变得焦灼。但是，母亲还是会抬头望望窗外透过云翳的阳光一遍遍叮嘱我："冷哉，出去多着点。"

母亲走了，老樟木箱还在。每次打开它，闻到的都是“翻箱子”的味道。这味道，似乎是一串基因密码，永远不会消失。有它在，生命才不觉越来越孤独。

三

“春女思，秋士悲”，自古文人写尽了伤春悲秋的诗词。可是，秋天不是只有落木萧萧，还有橙黄橘绿，硕果累累。秋意浓处，人间其实是温暖的，是值得的。

前几年买碧螺春认识了西山果农老陆和他勤劳朴实的家人。每次去他家，陆嫂麻利地烧出一桌农家鲜味，太湖三白自不必说，草鸡汤更是一绝！一年四季，老陆家承包的果园里，枇杷、橘子、白果、栗子、石榴，样样都可以现摘了吃，比起春天去采茶，我更愿意秋天去摘果子。有时没空去，老陆便坐了公交到木渎，再转地铁，辗转两三个小时才把水果送到我家。

今年夏天的时候，我家的橘子树死了，想换栽一棵枇杷树，随口跟老陆提了一下，他便记住了。临近立冬，他专门为我们嫁接好一棵枇杷树，还顺带再饶了一棵石榴，叫我们去拿。

吃罢陆嫂忙了一上午准备的午饭，将两棵小树苗扛上车，老陆又搬出一袋袋准备好的橘子、白果、野荠菜和杀好洗干净的草鸡、白鱼，硬塞进我们车里。他听说我们要在小院子里种菜，忙从自家的地头拔了大把的青菜秧，装了满满两只马甲袋。我们过意不去，老陆便道：“伲就像亲眷一样哉，用弗着客气的。”

诗经云：“投我以木桃，报之以琼瑶。匪报也，永以为好也！”每每这种时候，才真的懂得了什么叫作朴素的情感。

秋叶静美，绚烂之后归于平静，正是因为种种的不计较。这不计较，有着翩翩君子的磊落和坦荡，呈现给世界历尽繁华后的成熟之态。

“一年好景君须记，正是橙黄橘绿时。”我想，所有咏秋的佳句，都不如东坡这两句懂秋天。

昔日，苏州人习惯自己腌制糖桂花 谢晓春 / 摄

桂雨秋香，更与何人说

文 / 谢晓春

当夜晚开始变长，楼下桂花树的枝头只留下干涩的残花，再也没有一点余香，我知道秋天已近尾声了。

春光，烂漫迷人。是可以一头撞进去、一脚踏进去的，满心满眼的缭乱芳菲，是可以恣意欢纵的地方。而秋景，则声色撩人。声，是声势；色，是颜色。高天流云、草木山林皆浓墨重彩，斑斓瑰丽，连落英都尽显缤纷。此种美丽隐约端庄神秘，教人屏息。让你不自主地走近，又与你保持着微妙的距离。

红的枫、白的苇、金黄的银杏，都是秋天里重要的角色，而群芳谱中，菊和桂是无可争议的秋花之魁。我更偏爱桂花一些，因她更胜一筹的香味。

桂花的香是极特别的，可以把冷冽和馥郁揉在一起。白日里香气浓郁，却不是浓到昏沉，而是闻之使人欲醉。对，就是这“欲”字最为贴切，如同蔡琴的一首歌里唱的，教人醉不倒，也醒不了。

入了夜，香气又极清冽，却不是清到孤冷，而是沁人心脾的净澈。丝丝缕缕，幽幽戚戚，浸润着露水的湿寒气，哪怕庭中只有一株桂花，也足够香透整件衣。在古人描写桂花的诗词中，让我印象最深的就是那句“冷露无声湿桂花”了。

一直很喜欢约朋友在桂花时节去太湖边的东山紫金庵里喝茶，因为人少、茶好。在一株高大的桂花树下，往石凳上坐了，泡一杯当地的碧螺春，买几只蜜橘、要一碟陈皮，不紧不慢地喝茶，不咸不淡地聊天，认认真真地吹风……任凭桂花淅淅索索地落在石桌上，掉进茶杯里，笑说“今朝品桂”。

东山紫金庵里喝茶，人少茶好 于祥 / 摄

若说赏桂，最好是挑飘着雨丝的天气，到光福窑上村去。

缓坡下的村庄水雾氤氲，头顶的阴云压得很低，重重地满含水汽，似乎随时会掉下雨来。拐进村中一条狭窄的小路，醉人的桂香便混合着湿漉漉的空气，一波一波浸染围拢来。

日光偶尔穿破游移的云头投射进桂花林，极美！粉金碎银，丹珠流霞，美艳不及顾盼。待云上的缺口闭合，林中顿时失了光泽，却又生出另一番幽美。每朵花叶都秋水盈盈，于清冷中生色、生香、生情。

2600 多亩桂花林，布下声势浩大的香阵。采集桂花的村民尽数隐没在桂树丛中，只听见此起彼伏的清脆的竹竿击打声，还有枝叶间簌簌抖落的雨滴声。待要寻声而入，可通往树林深处的泥地上落满了桂花，竟是不忍踩踏。离开时同伴疑我偷折了桂花，因为满车的香气久久不去，回到家她还特意打来电话，说头发衣服全是香的，像是洗了一个桂花浴。

苏州满城桂花开的时候，最销魂了。

桂花是苏州的市花 谢晓春 / 摄

不少人爱折一枝桂花插在瓶中，供在案头，看着也是很风雅的。只是我更喜欢细碎的桂花跌落在石阶、浮游在水面，或者散伏在绿苔间。仿佛那才是它天然的去处，粉墨而来，悄然作别。

秋香、冬藏，又是桂花另一个极妙的好处了，就像一场秋季的盛事，在冬天的传说里有了最真实的凭据。

每季花期将尽的时候，村民们会集中采收花朵，制成干桂花、清水糖桂花、盐渍桂花，用来佐食茶点。比如制成桂花茶、桂花糖炒栗子、桂花糖芋艿、桂花鸡头米、桂花糖山芋、桂花糖年糕、桂花赤豆糊、桂花冬酿酒……可以享用近一年的时间。

还有一种用梅子腌制的梅酱桂花。因为工序繁琐，保存期较短，做的人已经不多了。偏是我的心头好，每年都会订制一些相赠亲友，感觉是收了一季的花色和喜悦，也自然地延续了传承百年千年的美味。

内外明暗、刚柔、浓淡的对比凝固成一幅幅同质异构的佳作，互呈其美 于祥 / 摄

时光之上：贝聿铭与苏州博物馆

文 / 胡亦敏

贝聿铭大师在苏博开馆时即兴演讲 于祥 / 摄

建筑是时光的容器。

2019 年 5 月 17 日清晨，贝聿铭先生溘然长逝的消息迅速在新媒体上霸屏。一灵渺渺，而他为苏州留下的旷世之作，隐然藏着吴门 2500 年的风流迤逦，亘古不朽。

20 世纪 80 年代初期，我在父亲的办公室里看到一组贴在墙上的照片，似乎是画报上放大的图片，从不同的角度呈现北京香山饭店。父亲和他的同事以之作为分析样本在揣摩研究。香山饭店是贝聿铭带给中国的第一个作品，“雅洁明静，得清新之致”，开中国传统建筑与现代主义相结合的风气之先河，倾动一时。那时候我还小，看着设计师的署名，将“贝聿铭”读成“贝律铭”。父亲告诉我，这位叫贝聿铭的设计师是苏州人。

中学时代有个同学是贝家后人，若干年后“闲说天宝”时听得他说“狮子林是我家的，不是贝聿铭家的”，座下皆惊。虽已是四代以上的荫泽，但那是第一次知道，600 年的苏州贝家，大人物何止一个。

进入21世纪后，古城面貌一日千里。曾经闭着眼睛都不会走错的小巷、马路面目全非，老宅和两所母校消失不见，于是一直眷眷怀顾。临顿路是我小时候熟稔的几条路之一，北端到底垂直于东北街，街北侧原来有王人和糖果店、东北街邮电局、平江区医院等，再往东是苏州博物馆老馆（就是忠王府）、工艺美校，直到最热闹的拙政园门前。有一年时间，我每天上学、放学都在忠王府门前的公共汽车站上下车，等车时望着门庭冷落的博物馆，总以为那是个闲人免进的单位办公之地。

再后来糖果店、邮电局、医院都不见了。可是当我第一次走进新生于这片土地的苏博新馆，就被震惊了，它带给我远在期望与想象之上的感动和宽慰。我在里面足足待了4个多小时后，放下过往所有的耿耿于怀，在心里真诚地向贝聿铭先生致敬。他是苏州人，他懂苏州。

有人说贝聿铭“生不在苏州、学不在苏州、业不在苏州，如何算得苏州人？”。诚然，贝聿铭祖籍苏州但生在广州，幼年在香港度过，10岁时因父亲担任中国银行上海分行主管举家迁到上海。苏沪相距不远，祖父贝理泰要求这个长孙多了解家族事务，于是有三年的夏天，贝聿铭都回到苏州西花桥巷的祖宅里，狮子林则是他和同族兄弟一起玩耍的地方。

狮子林是贝家另一支中的“颜料大王”贝润生于1917年所购。贝润生和贝理泰同辈不同支，少年清寒，多受家族义庄衣食之资，16岁到沪上做学徒，国事蜩螗时期，他代理经营德国靛青染料“阴丹士林”，成为上海巨富。他反哺报恩，把狮子林和周围一千多亩民房宅基一起买下并打通整修，作为家族义庄办事处、贝氏祠堂和家族学校，苏州人习惯将“狮子林”作为贝家的代称，即来源于此。

在苏州度过的夏天，让贝聿铭感受到生活与建筑之间的关系，也对几近于消失边缘的宗法社会伦理生态有了深刻的认识。他回忆记忆中的苏州，说：“人们以诚相待，互相尊重，人与人的关系为日常生活之首，我觉得这才是生活的意义所在。”精致婉转、温柔敦厚的乡

苏博的叠石颇有创意 胡亦敏 / 摄

苏博已成为游客访苏的热门景点 胡亦敏 / 摄

风人情，伴随着狮子林里有性格、有生命的叠石假山，老宅天井和庭院里的生活经验，以及笃信佛教的母亲对他的教诲——学会在寂静中倾听。这些细微、内蕴的领会和理解，如神秘的游丝牵引启迪着他，经过麻省理工、哈佛的专业训练和名师点化，他一步步登上建筑界的最高殿堂。

贝聿铭素来对公共项目最感兴趣。他认为“最好的公共项目是博物馆，因为它是一切事物的总结”，博物馆总在不断地提醒他艺术、历史和建筑密不可分。2002 年，85 岁的贝聿铭接受了设计新苏州博物馆的任务。这个项目令他无比兴奋——比邻世界遗产拙政园、全国重点文保单位太平天国忠王府，百米之外的狮子林触动着他有关过去和家族的记忆。在文风炽盛的苏州，它不是一个功能简单的博物馆，而是一个象征和符号，是连接传统文化与未来文明特定的复兴和升华的媒介。

苏州方面的要求很高，“苏而新、中而新”，这是个涵盖了过去、现在和未来的挑战。贝聿铭擅长“随方制象、各有所宜”，他主张建筑必须与环境、人文融合在一起。他想在苏州寻找的，是承载于现代生活需要和传统文化内核之上的审美路径，最终实现历史与现代、艺术与自然的平衡。

“苏州的园林是诗人、文人、画家做出来的。今天的设计，既然无法超越，干脆就让它融入现代吧。”他在古今、中外之间小心又大胆地把握着尺度。

比如对于博物馆大门的处理，简洁超脱，甚至透过大门口向里看，视线可以洞穿中央大厅的南北玻璃墙，直达主庭院。这似乎有悖于苏州园林讲究迂回曲折、欲露先藏的传统，引来的评价褒贬不一。但它邀人入内的诚恳亲和，才是博物馆作为公共建筑应有的本质。

青瓦是代表中式建筑的意象性构件，贝聿铭认为瓦片易碎又不易保养，坚决放弃，采用青色花岗岩干挂。甚至建筑外墙也不是简单的苏州传统抹灰白墙，而是刷白涂料的幕墙，可避免开裂，降低雨水冲刷的侵蚀。

线条极简的主庭院清气洒然。寥寥数笔勾勒出传统园林的轮廓和山水意境之美，旷远空灵、淡烟疏雨的墨气，恰是拙政园越墙而来的流风余韵。无论站在哪个方位，目之所及均舒展成图。

北墙前的一组片石假山最为点睛。他没有用传统的叠石手法，而是独出心裁地把巨石劈切成片，深浅有致、高低错落地排列于白墙前，与绿水方塘同构立体的“米氏云山”，物象宛然，得于仿佛。这些石头还呈现出丰富的色彩——天气晴好时淡灰色，小雨中深灰色，大雨的时候黑色，枯湿浓淡，尽得其妙。

为了找石头，贝聿铭的弟子六上山东，每块都精挑细选，切割成片石运回。但石头切割处过渡不自然，他们将人工切面敲毛，通过燃烧制造阴影，石片终于呈现出天然野山石的毛糙感和浑厚感。这组假山创意高明而又推敲得当，全园景色皆因此臻化不凡。

贝聿铭法古却不泥古，他素来主张“让光线做设计”，将光视为设计建筑时最先考虑的问题。中国传统建筑的“大屋顶”导致采光受到严重束缚，建筑内部多半昏昧不明。而苏博中央大厅却敞亮通透，立面轮廓好似七宝楼台，四边形和三角形的玻璃天窗与白墙错落交织，阳光自穹顶和各个侧窗洒落内庭。在展厅的专业要求之外，他为苏博所有的公共空间最大限度地引入自然光线，在开放式钢结构的玻璃尖顶下，以遮阳片和木料控制、过滤强光，使得室内光线充沛而柔和，体现了他对自然力量的深刻理解和运用。

墙体的设计则更多巧于因借，延景入窗。庭院中精致的湖石、嘉木、修竹，在每个不同线条和形状的窗口里，通过内外明暗、刚柔、浓淡的对比凝固成一幅幅同质异构的佳作，互呈其美。紫藤园内的一棵紫藤，由贝聿铭亲自挑选，从忠王府500年前文徵明手植藤上嫁接而来，寓意乃古今相通、薪火相传，姑苏文脉生生不息。

中国人讲究和谐，是人与内心、与他人、与环境、与自然的共融之道。贝聿铭很在意建筑与人的比例，“不高不大不突出”的苏博新馆，恰到好处地嵌入古城肌理，和谐适度。他在设计之前仔细看过苏博所有馆藏文物展品。苏博的藏品以“小、精、巧”为特色，精工细作的玉器、文玩、象牙制品等体积普遍偏小，因而他坚决反对当时国内流行的“大展厅”理念，坚持精巧构思，调整建筑比例，为每一件展品的陈列量体裁衣。

苏博，这座灰白色的建筑，带着姑苏独有的恬淡气质，尊贵、端庄、素雅，清光照人，既有山河远阔的意境，又有人间烟火的温度。每天排队等候在门前的参观者队伍蜿蜒逶迤，

苏博的宁静之美 胡亦敏 / 摄

许多人既是来看展览，也是来看园林、看建筑的，它本身就是一件风华绝代的艺术品。苏州博物馆被贝聿铭称为最疼爱的“小女儿”。

贝聿铭先生曾说过，最美的建筑，应该是建立在时间之上的，时间会给出一切答案。苏州博物馆新馆于 2006 年 10 月 6 号开馆以后，加上修葺一新的太平天国忠王府，总建筑面积达 26500 平方米，古典与现代交相辉映，迅速跻身首批国家一级博物馆，近年的参观量每年突破 200 万人次，综合排名在地市级博物馆中始终保持第一。

苏州有幸。

精神长恒。时间已经给出了答案。

苏州状元博物馆，进士匾高悬

在钮家巷，追寻状元的足迹

文、图 / 倪熊

钮家巷是苏州观前街东端、干将路北边的第一条街巷。我常去转转，因为友人黄稼伟的停云香馆就在那里。它对面的钮家巷 3 号，是潘世恩故居，现在改作苏州状元博物馆。

潘世恩（1769—1854）字槐堂，号芝轩，乾隆五十八年（1793），他中了状元，官至军机大臣，武英殿大学士，历事乾隆、嘉庆、道光、咸丰四朝，被称为“四朝元老”，深得皇帝恩宠。道光帝两度离京时都命潘世恩留京代朝，每逢潘世恩大寿都赐其御书对联。咸丰帝亲书的“琼林人瑞”匾额，至今还挂在潘世恩故居。

潘世恩一脉，苏州民间习惯称之为“贵潘”，以一状元、八进士、十六举人，成为清代姑苏官绅世家典型代表，享有“天下无第二家”之誉，是当时苏州最为显赫的家族。

潘世恩本来居住在苏州玄妙观西的马医科海红坊。传说在他高中状元后，皇帝召见他，问及家居何处，他一时慌不择言误说成了“苏州玄妙观东”，一言既出，为避“欺君之嫌”，他急命家人速购观东宅第，于是买下钮家巷凤池园西部作为“状元府第”。他自己在《思补老人自订年谱》中则说，钮家巷留余堂原为清康熙年间河南巡抚顾汧之凤池园，后来由唐姓子孙分售他人。嘉庆十四年（1809），潘世恩为奉养老父潘奕基，购了凤池园西部修为宅第，园名照旧未改，大厅额题“留余堂”，所以此宅系原凤池园遗址的一部分是无疑的。潘世恩居家尽孝十三年，在留余堂遍读群书，研究学问，完成《读史镜古编》三十二卷等许多著作，堪称是位学术有成的状元学士。因此留余堂也被称为“太傅第”，内设纱帽厅、大厅、鸳鸯厅等。

昔日私宅已成为平江历史文化街区的一个亮点

苏州历来风物清嘉，人杰地灵，为读书人提供了良好的经济社会环境。自北宋范仲淹办府学始，苏州兴学育材，文教滋盛，自古学人名扬杏坛。自隋唐开科取士至清末废除科举的1300年间，苏州曾出现过46位文状元、5位武状元，其状元数量位居全国地级市首位，是名副其实的“状元之乡”。

而事实上还有比潘家更厉害的家族——长洲归氏，人称“天下状元第一家”。自唐懿宗咸通十年（869）起，长洲归氏家族中，归仁绍、归仁泽、归黯、归佾、归系五人先后中状元，考中进士的先后有归崇敬、归登等十人。归氏在科举场上取得如此巨大的荣耀，在历史上无出其右。

苏州状元之间免不了沾亲带故。一旦出一位状元，就成了激励子孙、亲眷面壁苦读的楷模。除了长洲归仁泽与归黯的“父子状元”、归仁绍与归仁泽的“兄弟状元”外，还有彭定求、彭启丰的“祖孙状元”。同治十三年（1874）甲戌科状元陆润庠则是康熙二十四年（1685）乙丑科状元陆肯堂的七世孙，翁同龢、翁曾源是“叔侄状元”，陆润庠和洪钧则是“翁婿状元”……

苏州状元博物馆里“宝贝”不少

苏城文化浓郁，状元辈出

苏州状元博物馆一隅

2006年，潘宅被列为江苏省文物保护单位，2011年苏州决定重修潘宅，将其改建为“状元博物馆”。重修工程总计耗资4300多万元，历时一年有余，修复了门厅、轿厅、鸳鸯厅、纱帽厅和后厅五个厅。

苏州状元博物馆于2014年11月正式对外开放。作为一座全面介绍姑苏状元群体、研究状元文化、展示珍贵状元文物的专题类博物馆，苏州状元博物馆展示了苏州从宋朝至清朝的51位状元情况，汇聚了相关的状元文物，目前有展陈品469件，其中文物91种共187件。值得一提的是，一家名叫“创客”的文化创意公司入驻其间，从事着苏州当代文创产品的研发，为博物馆增添了些许动感与活力，于无声处传承着苏州文化的血脉。

状元博物馆虽然不大，但也算得上精致典雅，陈列内容也颇丰富。御赐匾额上鎏金的“殿试一甲一名”让人肃然起敬。徜徉其间，多少能感受到些少年郎金榜题名时的意气风发。

带城桥下塘和《红楼梦》的故事

文 / 卢群

织造府与《红楼梦》 顾曾平 / 绘

凤凰街南端，连接带城桥路，这两条街道以带城桥为分界。带城桥是座古桥，宋《平江图》上已标有此桥，《吴地记》也有著录。带城桥北堍东侧塘岸即带城桥下塘，东起新造桥，西出凤凰街。带城桥下塘在清代非常出名，因为这里有个织造府。

今天苏州年纪轻一点的人，知道织造府的恐怕不多。这个曾经很繁忙、很重要因而备受重视的清代特设机构，如今很安分地待在带城桥下塘的一个角落。它的两扇大门有点旧了，里面的几块石碑也有点破损了，就像一个垂暮的老人，只希望独自晒晒太阳，不会过多地去打听别人的事情，也不奢望别人太多地来关注自己。

这个垂暮的老人，把经历过的事情都悄悄地收起来。但如果你想听，它还是会把过去的事情慢慢地说出来，听着听着你就该诧异了：这个看上去不太起眼的老人，竟然有那么多辉煌显赫的经历。

“日出万匹，衣被天下”。明清时的苏州丝织业发达，是全国丝织中心之一。清顺治三年（1646），工部侍郎陈有明奉旨总管苏杭织造，前来苏州恢复织造机构。他修整了已废弃的明代织染局，在带城桥下塘明末贵戚周奎旧宅的遗址处兴建了新的织造府，称为“南局”，与原织染局“北局”以示区分，并与江宁、杭州织造府并称“江南三织造”。其规模宏大，厅堂、园池、机房、吏舍齐备，占地近50亩。

皇宫中的锦缎丝绸都出于江浙之地，尤以江南为重。除了宫中消费，还事关税收，所以不管是皇帝、皇子还是权贵大臣，对于丝织业都很重视。康熙二十二年（1683），皇帝南游，地方官员免不了大张旗鼓兴建行宫，行宫就建在织造府西侧。这么一来，这一带更是富贵繁华了。可惜好景不长，到了咸丰十年（1860），织造府和行宫全部毁于战火。同治十年（1871）重建，但没能恢复旧观。尽管如此，包括以瑞云峰为中心的行宫遗址在内的苏州织造府旧址，仍然是“江南三织造”中现存遗迹最多的一处。

作为封建王朝的一个重要织造中心，苏州的织造府已经很显荣贵；然而翻检史料，我们发现织造府的显赫远远不止于此，它还和一个伟大的作家有着千丝万缕的联系。

这个作家就是曹雪芹。

康熙二十九年（1690），曹雪芹的祖父曹寅以内务府广储司郎中出任苏州织造；三年后，曹寅迁江宁织造，苏州织造一职由其内兄李煦继任。当时任杭州织造的是曹寅的母系亲戚孙文成，可说“江南三织造”全在曹氏家族掌控之下了。这种特殊的官场关系不禁让人联想起《红楼梦》所言“一荣俱荣、一损俱损”的情景。

在曹雪芹出生前，曹家可谓鼎盛一时。曹寅有两个女儿被选为王妃，康熙六次南巡有五次以江宁、苏州的织造府为行宫。可是雍正继位后，曹家的厄运便随之而来。雍正六年（1728），朝廷大举追查曹府当初为迎送康熙帝南巡耗费巨资欠下的账目，曹颙的从弟曹𫖯被革职抄家。曹雪芹从此告别锦衣玉食的生活，陷入困顿之中。塞翁失马，安知非福，恐怕正是这种困顿，成为《红楼梦》这部世界名著诞生的原动力。

应该说，曹雪芹的祖父曹寅奇才博学，既是一位十分有名的诗人，又是一位突出的戏剧作家，与洪昇（戏曲《长生殿》作者）等大作家交谊甚厚。曹寅家中藏书也极丰，还曾主持编纂刻印过《全唐诗》。曹雪芹虽未见过祖父，却自幼在家庭中得到过浓厚的文化熏陶。

虽然学者多认为曹雪芹出生在南京，但曹雪芹与苏州的关系不可谓不密切。细细读一下《红楼梦》，就能发现很多很有意思的线索：

在写那块通灵顽石上的“石头记”时，上来第一句话就是“当日地陷东南，这东南一隅有处曰姑苏，有城曰阊门者，最是红尘中一二等富贵风流之地”，而让贾宝玉心心念念的林黛玉也是苏州人。不唯如此，妙玉、香菱以及贾府戏班里的小姑娘，通通都是苏州人，就连“呆霸王”薛蟠从苏州带去金陵的泥塑人像，也出自虎丘捏相艺人之手……种种细节归纳到一处，都说明了曹雪芹的童年和苏州的确有着深厚的渊源。

苏州织造府旧址 于祥 / 摄

少年曹雪芹在苏州舅父家待过较长时间，因为住在织造府里，所以他对苏州丝绸十分熟悉，待到创作《红楼梦》时，他把自己掌握的丝绸知识写进了这部巨著。《红楼梦》是一部集中丝绸服饰文化的经典小说，从服装到饰品，从质地到工艺，从款式到色彩，从着装到情景，全方位展现了中华服饰文明。据统计，《红楼梦》全书前 80 回中涉及服饰的竟有 44 回 173 处，后 40 回中（高鹗续撰）有 7 回 38 处。以服饰的用料为例，就有“黄绫”“羽缎”“妆缎”“蟒缎”“月白纱”“羽纱”等，超过 30 种！

北京人是聪明的，有关部门搞了个曹雪芹旧居遗址研讨会，准备在蒜市口十七间半的曹家老宅建立曹雪芹旧居纪念馆；南京人也不笨，当考古学家确认江宁织造府遗址后，马上规划要修建曹雪芹故居。只有苏州人笃悠悠地把声名显赫的织造府遗址用一排黑黝黝的铁栏杆一隔，就这样关了“禁闭”。

退一步说，就算和曹雪芹实在扯不上关系，起码也可以拉个曹寅老先生坐镇，把织造府重新打理一下，找些手巧的江南女子，仿制几张古代的织机，一边织一边告诉游客：这是《红楼梦》里提到的锦、罗、纱、绫，这是贾宝玉和林黛玉穿的袄、褂、袍、裙……

这，不也是一件极美的事情吗？

关公立马桥上 顾曾平 / 绘

饮马桥堍关帝庙

文 / 孙中旺

说起饮马桥，就想起了近代著名女词人沈祖棻那首著名的《浣溪沙》："家近吴门饮马桥，远山如黛水如膏。妆楼零落凤皇翘。　药盏经年愁渐惯，吟笺遣病骨同销。轻寒恻恻上帘腰。"沈祖棻曾居于饮马桥附近的大石头巷，当时因躲避战火，抱病流亡重庆，撰此词以寄乡愁。饮马桥历史悠久，传说是因晋代高僧支遁曾饮马于桥下而得名，相关故事很多。本文单从桥堍的关帝庙讲起。

最初由来

汉末名将关羽以忠义仁勇著称天下，其去世后逐渐被神化，民间尊其为关侯或关公，历代王朝也不断对其追封。宋宣和五年（1123），关羽被封为义勇武安王，自此关公称关王。明万历十八年（1590），关羽被封为协天护国忠义大帝，自此关王称关帝。清顺治九年（1652），追封忠义神武关圣大帝，自此关帝又称关圣。为倡导忠义，历代大建关帝祠庙，有"神祠莫盛于关圣"之说。苏州古城内外也曾存在过多处关帝庙，其中以饮马桥堍关帝庙影响最大。

饮马桥的关帝庙建于南宋淳熙年间，起初规模很小，经过明代弘治及万历年间的多次兴修，规模逐渐扩大。崇祯年间，探花陈仁锡对此庙着意尤多，曾倡增祭田、结关社，重建三义阁、真武楼。鉴于其贡献，陈仁锡死后，乡人在关帝庙之右为其建祠纪念。康熙年间，此祠迁至虎丘望山桥。

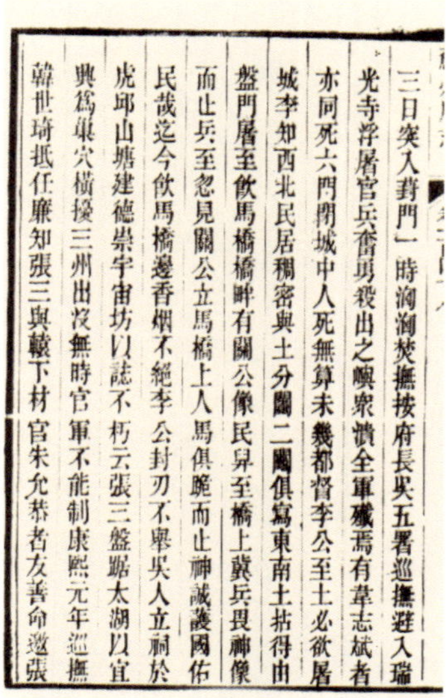
三日突入葑門」一時洶洶焚撫按府長吳五署巡撫避入瑞
光寺浮屠官兵奮勇殺出之嶼衆讃全軍殲焉有韋志斌者
亦同死六門閉城中人死無算未幾都督李公至土必欲屠
城李知西北民居稠密與土分鬮二鬮俱寫東南土拈得由
盤門屠至飲馬橋橋畔有關公像民舁至橋上冀兵畏神像
而止兵至忽見關公立馬橋上人馬俱跪而止神誠護國佑
民哉迄今飲馬橋邊香烟不絕李公封刃不畢吳人立祠於
虎邱山塘建德崇宇宙坊以誌不朽云張三盤踞太湖以宜
興爲巢穴橫擾三州出沒無時官軍不能制康熙元年巡撫
韓世琦抵任廉知張三與轅下材官朱允恭者友善命邀張

道光《苏州府志》中关于关帝庙的记载

见证屠城

饮马桥关帝庙见证了清初苏州的一段悲惨历史。据南园啸客的《平吴事略》载，顺治二年（1645）闰六月，清都督李延龄和总兵土国宝入苏，鉴于此前苏州士民的激烈反抗，土国宝坚决要求屠城示威。李延龄知道苏州城西北民居稠密，而东南人口稀少，于是在两个阄上都写上“东南”，然后让土国宝先抓阄，土国宝拈得“东南”后，就由盘门屠至饮马桥。饮马桥堍关帝庙中有高大的关公像，有人事先把关帝像抬到桥上，希望土国宝的士兵畏惧神像而停止杀戮。清兵杀到后，看到关公驻马桥上，大惊失色，“人马俱跪而止”，使不少百姓免于被杀。经过此事，饮马桥关帝庙的影响越来越大了。

值得一提的是，残暴的土国宝没过多久便因徇庇贪污等不法事被勒令革职严讯，后畏罪自杀。而志在保全百姓的李延龄被苏州人立祠于山塘街，并建了“德崇宇宙”坊以彰其功德，后来李延龄还被列入沧浪亭五百名贤祠永久纪念。历史总归是公正的。

李延龄像

同样的历史事件，在清代状元石韫玉的笔下却有不同记载。石韫玉就住在饮马桥边的金狮巷，对关帝庙颇为熟悉。他在《关帝庙玉印记》中将屠城之事发生的时间上推于明初，将清军暴行改为明军暴行。石韫玉作为清朝的状元显宦，不惜篡改历史、为本朝隐讳其事的出发点显而易见。

民间习俗

在民间信仰中，关帝的职能多元。民众无论是求财、祈子、驱邪、治病、抗灾，都前往关帝庙祈祷。各行业会馆也建有关帝祠，悬关帝像，以敦崇信义，并祈求保佑。饮马桥堍关帝庙在苏州城内规模最大，香火极旺，尤其以关帝诞辰的农历五月十三最为热闹。

清人袁景澜在《吴郡岁华纪丽》卷五中记载，当天苏州各关帝庙均“牲醴酬献，明灯演剧，鼓乐喧天，拜祷唯谨”，地方官也率众致祭。由于饮马桥关帝庙“尤著灵异”，所以进香的人熙熙攘攘，摩肩接踵，好一幅刻画生动的民俗信仰图。

另据记载，关公诞辰当日，士大夫家祀关公的祭品以白公鸡为上。此日若下雨，就预示着该年风调雨顺，社会平安，民间将此日雨称为关公的“磨刀雨”。清中期苏州人蔡云在《吴歈百绝》中就有诗云:“神诞犹传汉寿亭，神台弦管散诸伶。竹君自醉龙生日，一阵磨刀雨恰腥。”苏州还有“五月十三拜关帝，桌上供上一只白公鸡。青龙宝刀磨得快，众生安度太平年”的民谣。

几度兴废

由于地处城中，交通便利，饮马桥关帝庙还作为不少地方名贤的纪念场所。除了上述的陈仁锡祠外，明末还在庙右建有王仁孝先生祠，祀明国子博士、少湖先生王敬臣；庙左建有五贤侯祠，祀明知县邓凌霄、祁承爜、胡士容、韩原善、叶成章。清嘉庆年间，在庙北首还奉敕建造了昭忠祠，纪念因平乱而阵亡的文武官员王锟、钱邦彦、江瑶、王翼孙、施锦、陆霖等，并祀“乡勇自卫村堡力屈阵亡者”。同治年间，鉴于平定太平军过程中苏州阵亡文武绅民数量极大，单忠义局著录奉旨入祠者就达一万余人，关帝庙北首的昭忠祠因规模过小，无法容纳，长洲知县蒯德模将其移建于平桥。

苏州饮马桥关帝庙原址 于祥 / 摄

饮马桥堍关帝庙在清代曾经多次修缮。康熙十一至十二年（1672—1673），道士顾弘正创建玉帝、长生、华阳三楼，“榱题巍焕，灿然改观”。雍正四年（1726），士绅顾屠彪、徐堂等重修。乾隆三年（1738），长洲县令沈光曾重为修治，中书舍人蒋曰霖捐金以成。二十余年后，关帝庙又面临“寝殿颓败，绣栋华甍，渐趋倾废”的局面，时人汪忠清、周之翰等一起捐资重修，历时一年完工。经过这次大修，关帝庙得以恢复旧观。为纪念此事，顾诒禄特撰《关帝庙重修碑记》，由钱襄书丹，张玉谷篆额，住持道士吴大椿、仁和林兆岐镌字，立碑于关帝庙。该碑拓片至今尚存于苏州碑刻博物馆。

晚清以后，饮马桥堍关帝庙渐趋衰败，相关记载寥寥。民国二十年（1931），仅存庙屋二十余间，神像十几尊，地基 360 平方米，尚有一定规模。1952 年关帝庙散为民居，1982 年被拆除，并在旧址上建造了科技大楼。饮马桥堍关帝庙由此彻底成为历史的陈迹。

吴县直街

苏州那些与官府相关的街巷

文 / 潘君明　图 / 于祥

长洲路

苏州是一座具有 2500 多年历史的古城。春秋战国时吴国建立，苏州为都城。秦始皇统一天下后分全国为三十六郡，在江南设会稽郡，将郡治衙门设于吴县（今属苏州）。唐代，苏州分设二县，增设长洲县；清代，苏州分设三县，再增元和县。历史上，很多政府机构都曾设在苏州，如清代的江苏巡抚衙门。机构所在的街巷，以机构名称来命名的情况随处都是。

道前街，位于人民路饮马桥北堍西侧，在宋代时被称作“明泽桥东街”。明代，兵巡道衙门设立于此，长官称道员，俗称道台，道前街由此得名。清雍正年间，按察使衙门设立于此，掌吏治、刑狱。民国时，此地为江苏高等法院所在地。抗日战争期间，沈钧儒等“七君子”曾在此受审。1966 年，道前街、府前街、原卫前街合称“红旗西路”。1980 年，道前街恢复原名。

卫前街，位于人民路饮马桥北堍西侧。宋时因其地筑有苏州府仓，名“府仓前”，后称“府仓前街”。明初设“卫”于此，即“卫指挥使司”。按明代军卫法，凡天下要害地区或连郡者均设卫。清代沿袭旧制，直至光绪年间裁撤。因卫治机关长设于此，故此地名“卫前街”。其时，街上有两个跨街碑楼，左名“武威”，右名“恩光”，十分显赫。

上：江苏按察使衙门旧址 下：旧元和县衙

苏州市一中的紫藤

府前街，位于卫前街东。明清时代，在街北端设苏州府署，并设知府一人。《明史·职官志四》云：“知府掌一府之政，宣风化，平狱讼，均赋役，以教养百姓。”清代沿袭旧制。此地因有府署而被称作“府前街”。民国时期，吴县县政府设在该府署内。1983 年调整路名时，它与原卫前街、道前街统一称“道前街”。

司前街，位于干将西路东端南侧，原名“织里桥南街”，因街北有织里桥（今吉利桥）而得名。明代，在桥南处设立司狱司衙门，专门管理狱吏及囚徒，司前街由此得名。此后，此处一直成为传统性的监狱、看守所所在地。“七君子”中的史良便被关押在司前街看守所。2007 年，此处作为苏州警察博物馆、苏州禁毒博物馆面向世人。

苏州最小的古石拱桥

网师园彩霞池的文化密码

文 / 嵇元　图 / 于祥

苏州古典园林网师园，是一座住宅和花园体量比较相称的宅第园林，虽然面积并不算大，但因精致典雅，游客还是很喜欢。陈从周教授就说它是“苏州园林小园之极则，在全国园林中，亦居上选，是‘以少胜多’的典范”。

园林的东部是住宅，西部是花园。花园以池为中心，池在当中，南北布置建筑，形成对景，可以说是园子的主景点。池塘略呈方形，只在东北角塘底沉有几缸睡莲，加上池中不建岛屿，显得水面开阔不少。这个只有半亩左右的池塘，名叫“彩霞池”。

彩霞池？许多人或许会感到意外——明明是一池碧水，却用了色彩绚丽的词来形容，显然与苏州园林文化中素淡清雅的审美理念有些不搭。

解读这彩霞的寓意，可以先看一下池边配置的其他景点。

首先是引静桥。这座桥号称苏州最小的古石拱桥，其得名自道教应无异议。道教求仙、求消灾、求长生的方法有多种，除唱念经、做法事、焚符咒、服丹药等方式外，还有一法有点类似于练气功，又叫服内丹。引静桥栏上依稀尚存着两枚太极图，估计是造桥时所镌，因年代久远，已经有点模糊。而引静和太极，都是指道家的“内丹”修炼之法。

元代有个“魏南云溪闲老杨志朴”的高士，曾经为金人王吉昌的《会真集》写过序。《全金元词》中收录了王吉昌的一首《醉桃源·暗藏两曜抚坤乾》：

暗藏两曜抚坤乾，绵绵细斡旋。扶持来往贯三田，还元五气全。　　河车运，玉炉煎，炎炎结汞铅。彩霞光衬晃禅天，明明性月圆。

可见“太极”是超然子王道长练功的理论基础。他认为通过太极理论指引，大致能炼出丹（指道家的“内丹”）来，能修获练功成果相当于见到彩霞光，也就是功德圆满了。

彩霞和引静的关系，在道家典籍《太清中黄真经》《灵宝六丁秘法》等中也多有论述。金人全真道士于道显著有七言绝句《郎十二先生告》：“万水千山路不差，山回路转景尤嘉。故人相见无他语，坐对群峰看彩霞。”他在另一首诗中也有“云间童子携灵药，空里仙人步彩霞”的诗句。可见，彩霞是道家追求的一种境界。

彩霞池南，有一黄石假山，人若在池北竹外一枝轩南望风景，不就是“坐对群峰看彩霞”了吗?

彩霞池西，是一爬山廊，廊中间有一单檐六角亭，名“待月亭”，大名叫“月到风来亭”。其实，“月到风来”也自有出典。

苏州的玄妙观，是神霄雷法一派的大本营，历史上高道辈出。南宋至元时，该派有高道莫鼎月及其徒弟、松江人王惟一在昆山一带从事道教活动。王惟一晚年撰有《道法心传》，对神霄雷法多有阐扬，是很重要的道教著作。王惟一强调修炼过程中“心”的重要性，并以诗寓意：“月到天心处，风来水面时。要知端的意，斗柄指虚危。”“月到风来亭”正取意于此诗，它与引静桥上的太极图，隔池遥相呼应。

彩霞池

其实，只要细细观察便会发现，网师园中部的濯缨水阁、集虚斋，还有东北角庭院里的梯云室、云窟等，都和道家思想有关。而根据清朝著名学者钱大昕在乾隆六十年（1795）所撰的《网师园记》可知，当时此园半荒废，为太仓富商瞿远村所得，月到风来亭、濯缨水阁、集虚斋等都是瞿在修复时取的名。道教神霄派在苏州影响一直很大，许多士大夫如乾隆时曾任兵部尚书的彭启丰状元就多与道家交往，醉心雷法。此外，作为苏州流行的社会文化历史现象，信仰雷尊在苏州民俗中多有体现。

至此，我们可以明白，网师园的中部花园，就是以彩霞池为中心，阐述道家修炼内功的一个示意图。即使这样，我们也不要把网师园误解成道观园林。就像狮子林是体现禅宗思想的园林，网师园只不过是一座具有较多道家元素的苏州园林。网师园的造园思想，无疑反映了苏州古典园林中传统文化的博大精深和丰富多彩。

格物 立意 平常心——《濮建生画册》序

文/王稼句

濮建生作品

濮建生作品

濮建生先生精熟绘事，以花鸟最为擅长，师事画坛耆宿张老继馨，渊源有自，故其所作皆能劖刻淬炼，自出清新，在吴门同侪之中，可谓卓然特出。我与他认识三十年了，看过他的画展，得到过他的画册，还承蒙馈贶十六开花果册页。虽然我喜欢看看别人的画或字，却说不出什么道道来，可见我的鉴赏力是如何平庸了。此次建生要到台湾办画展，准备印本册子，让我写点什么，当时趁着酒意胡乱答应了，但当要下笔的时候，却有点不知所云，一拖就是个把月，再交不出货，那就有负建生的雅意了。

以花鸟作绘画题材，应该早就有了，但真正的花鸟画格局，要到五代才形成。南唐徐熙、后蜀黄筌是成就最突出的，世称“徐黄”。徐之孙崇矩、崇嗣，黄之子居寀、居宝，都著名画史。

宋初有谚语“黄家富贵，徐熙野逸”，说出了他们不同的风格。沈括《梦溪笔谈》卷十七说：“诸黄画花，妙在赋色，用笔极新细，殆不见墨迹，但以轻色染成，谓之写生。徐熙以墨笔画之，殊草草，略施丹粉而已，神气迥出，别有生动之意。”黄筌工于写生，而徐熙不但工于写生，且以水墨淡彩出之。故米芾《画史》说：“黄筌画不足收，易摹；徐熙画不可摹。”徐画的“不可摹”，就在于笔墨的创造性。宋徽宗赵佶在艺术上的贡献甚大，毋庸多言，值得一提的是，他特别讲究绘画的情理，汤垕《画鉴》记其试诸生画艺，“尝命学人画孔雀升墩障屏，大不称旨，复命徐子次第呈进，有极尽工力，亦不得用者，乃相与诣阙，陈请所谓，旨曰：‘凡孔雀升墩，必先左脚，卿等所图，俱先右脚。’验之信然，群工遂服”。可见只有对描写对象进行细致观察，才能使所画物象符合情理。《礼记·大学》就说：“致知在格物，物格而后知至。”这是花鸟画的要则。

自文同创湖州竹派，至元诸家大画梅兰竹菊“四君子”，这与崇尚写实的作风迥然不同，多偏重于它们的象征意义，以寄托作者的思想和感情。至明清花鸟画大盛，立意更显得重要，如庞元济《虚斋名画录》卷十二著录《明徐青藤画册》，徐渭自题牡丹一开曰：“牡丹为富贵花主，光彩夺目，故昔人多以钩染烘托见长。今以泼墨为之，虽有生意，终不是此花真面目。盖余本窭人，性与梅竹宜，至荣华富丽，风若马牛，宜弗相似也。”画的虽然是牡丹，但以泼墨出之，经此一题，境界顿出。

而花鸟的生意，向来是作者所积极追求的。祝允明《跋沈石田佳果图卷》说：“绘事不难于写形，而难于得意，得其意而点出之，则万物之理，挽于尺素间矣，不甚难哉。或曰：‘草木无情，岂有意耶？’不知天地间，物物有一种生意，造化之妙，勃如荡如，不可形容也。”所谓生意，即意态。一花一叶，一枝一蔓，那是各有意态的。范公偁《过庭录》记宣和间王齐叟彦龄，“尝画梅影图，形影毫厘不差；万荷图，状极纤细，生意各殊，识者奇宝之”。生意还属于象内的，还需要从象外求之。卞永誉《式古堂书画汇考》卷四十六著录《赵子固

濮建生先生 于祥 / 摄

濮建生作品

四芗图卷》，文徵明跋曰：“宋名人花卉，大都以设色为精工，独赵孟坚不施脂粉，为能于象外摹神。此卷四芗，种种勾勒，种种脱化，秀雅清超，绝无画家浓艳气，真奇珍也。”

由此看来，画好花鸟，殊非易易。一是要善于格物，工于写生；二是要有立意，有寄托；三是要追求生意，进而追求变格，变格就需要创新笔墨。建生自然懂得这个道理，他在这条道上长途跋涉三四十年了。法师古人，心师造化，劳筋苦骨，昼思夜想，终日矻矻，故成就了他一手圆熟的笔墨，且时在笔墨间流露出别样的韵味。我特别喜欢他的水墨荷花和花果小品。前者用笔之遒劲，用墨之浓淡，得化工之巧，具生意之致，不计纤拙形似也；后者乃畦町诸菜，藤架诸果，草虫奕奕生动，纤悉具备，真有一片天趣，可作清供。

刘传铭先生为建生写过一篇《齐物见心》，其中说：“吴门画派是中国画之大宗，文、沈、仇、唐诸家皆无所不能，无论是铁板铜鼓的雄风大唱，还是花间低吟时的丝竹管弦，无不精妙绝伦。若以此来看剑声（建生别署）之画，佳境尚远，高峰在望，且不说题材之拓展，思考之深入，仅就笔墨而言，若能在干笔、枯笔、焦墨、破墨上再多些考量与应用，或许会表现得更丰富些，更硬朗些，更爽利些，更响亮些，甚至是更缠绵些，更迷人些……”这段话深得我心，“佳境”和“高峰”，自然是建生的取法乎上，笔墨功夫也确乎需要作进一步提升。但在我想来，当今画坛纷纷扰扰，竞奔名利，怪象环生，建生以笔墨消遣生涯，在其中寻找乐趣，获得感悟，那就更需要有平常心，有了平常心，才能做无尽事。

《五灯会元》卷八记了一个故事，有僧问福州报慈院文钦禅师：“如何是平常心合道？”师曰：“吃茶吃饭随时过，看水看山实畅情。”如果以这样的心情来过日子、画花鸟，说不定在艺境上，就会与古来名公大家庶几近之。即使不能，至少在精神境界上，总该是有点仿佛了。

老沈住在葑门朝天桥东塊

苏州城最后的鱼鹰

文、图 / 于祥

2008 年的一天，我偶然路过葑门横街附近的光荣墩，见到河里小船上蹲了五六只鱼鹰，颇有江南水乡的味道，便动了追踪拍摄的念头。但去了几次，却总没有遇到船主。经附近住户指点道：主人姓沈，鱼鹰用来抓鱼的，抓到了鱼就卖给菜场里的人，可以在葑门横街上的茶馆找到他，他没事就在那边喝茶打牌！

一个细雨蒙蒙的日子，我在茶馆里果然找到了正在打牌的老沈。他见我冒雨前来，有些难为情，就和我一起回到光荣墩，穿了雨衣上了船。但拍得并不理想，老沈告诉我天不好，鱼鹰抓不了鱼！

于是和老沈约了第二天再来。第二天一早我便到了现场。老沈正准备出发。只见他拿起根竹篙朝河里敲打了几下，又对鱼鹰吆喝了几句。于是，河里的五只鱼鹰就很听话地一一跳上竹竿，被老沈挑到了小船的船舷上。

看着老沈摇着木船，鱼鹰闲立船舷的画面，我脑海里忽然出现从前语文课本上郑振铎的《鸬鹚》（注：鸬鹚就是鱼鹰），眼前的景象不正是一幅精彩的鱼鹰捕鱼图么！

老沈似乎并不太喜欢我跟拍他，冷冷地说："现在苏州许多河道都被封掉了，船过不去，你在岸上跟着我，跟丢了不管的。"然后划着小船一路往西面的护城河而去。事后才明白老沈其实也不想让我多拍，因为有关部门会出来阻止他在河里捕鱼。

鱼鹰也是有灵性的

我骑着电瓶车跟着河里的小船，边走边拍。水里的船儿比陆地上的车更灵活，常常拐几个小弯就没有了影子。

后来，我多次路过光荣墩那个地方，很想再拍拍老沈和他的鱼鹰，但总没遇见老沈。远远望去，只有那几只鱼鹰孤单地蹲在船上。再后来，鱼鹰没有了。附近的住户说，老沈生病了，再也不能出去抓鱼了。

转眼到了2016年，听说光荣墩一带要拆迁了，我就常去那边拍照。但船已经沉在了河底，隔着水面依稀可以看见小船的影子。

那天是我最后一次见到老沈。他已经认不太出当年为他拍照的人了。我问他："鱼鹰呢？"他说："卖给了附近古镇的旅游公司了。"说话的时候，他虚弱的身体靠在岸边栏杆上，望着沉在河底的船儿，眼中露出一丝失落。

现在，那里的拆迁改造还在进行中。很多住户都渐渐搬离了。我向留下的住户打听老沈的消息，他们说，老沈去年8月已经去世了。

上：下雨天老沈就回家歇息了 下：雨天、鱼鹰、小船就是一幅江南画

上：一般上午十点不到老沈就出门打鱼 下：在环城河里的游船上看见老沈的鱼鹰捕鱼倒是一道风景

上：小船在葑溪河最后的身影 下：老沈靠在岸边栏杆上，凝望沉船

1962 年，徐凌云先生向“继”字辈刘继尧、林继凡传授昆剧折子戏《卖兴》

一出昆曲名戏的台前幕后

文、图 / 顾斌

昆剧艺术宝库中有许多极具艺术性和观赏性的经典剧目，《卖兴》就是其中之一。从 1962 年首度亮相传承至今，一出戏，时隔半个多世纪三度排演，几代昆剧人，生生不息，薪火相传。剧情以外的故事，说来也许更为动人。

三排《卖兴》

《绣襦记》是明代中期著名的传奇作品，也是昆剧舞台常演剧目之一。其中《卖兴》一出以生、丑为主，丑角分量更重。昆剧舞台上历来有“俞家唱”“徐家做”的赞誉。“徐家做”指的就是昆坛名家徐凌云的表演艺术。《卖兴》一出正是徐老的精品之作，当年他曾与沈传芷先生联袂演出该剧。由于深得名师传授并从孩童身上汲取创作的灵感，徐凌云赢得了“活来兴”的美誉。

20 世纪 60 年代初，江苏省苏昆剧团以主要力量开展继承昆剧和苏剧传统艺术的活动，时任苏州市文化局主要领导的钱璎亲自到上海请来年已古稀的徐凌云先生，为“继”字辈青年演员传授他的拿手好戏《卖兴》。

1961 年，苏昆剧团在无锡演出，钱璎专程陪同徐老游玩了宜兴善卷洞，并恳请他将《卖兴》的演艺传授给年轻的“继”字辈演员。被钱璎的真诚所打动，徐凌云随后专门到苏州，将这出戏毫无保留地传授给了“继”字辈青年演员金继家、刘继尧、周继康等人。1962 年 12 月，江浙沪昆曲观摩演出大会举办，经专家评委一致推选，《卖兴》作为闭幕式优秀节目参加展演。

钱璎回忆说，老人那时已七十高龄却丝毫不显老态，身子还很灵活。他经常从上海来苏州教戏，特别喜欢和年轻人在一起。

2017 年 9 月，苏州市文化部门实施“昆剧经典折子戏抢救工程”，特别邀请当年传承《卖兴》《双思凡》《弥陀寺》三出折子戏的章继涓、朱继勇、周继康、吴继静、柳继雁、尹继梅、张继霖、刘继尧等“继”字辈老演员出山，将这三出戏再现舞台并收入昆剧影像数据库。

从继承者到传承者，刘继尧已是第三次排演《卖兴》了。当年向徐老先生学这出戏的几位“继”字辈演员如今平均年龄已 80 岁左右，有的甚至已经离开了人世（金继家已于数年前病故）。此次复排抢救《卖兴》还特邀了沈传芷先生的关门弟子——“弘”字辈女小生陈滨加盟，被传为佳话，因为当年与徐凌云联袂演出此剧的正是沈传芷。

钱璎其事

钱璎（1923—2018），著名剧作家、文学理论家阿英（钱杏邨）之女。战争年代投身革

左：为昆剧艺术倾注毕生心血的钱璎
右：2017 年，《卖兴》三度复排的场景，陈滨扮演郑元和，刘继尧扮演来兴

命工作，长期在苏州宣传文化部门担任领导工作，并致力于振兴发展昆剧、评弹事业，与苏州戏剧相伴相守 60 多年，是苏州文艺界德高望重的老领导。她用毕生精力培养出“继”字辈演员，并与他们结下了深厚情谊，为昆剧舞台艺术的薪火相传做出了杰出贡献。

2018 年 2 月 22 日，96 岁高龄的钱老在苏州辞世。这三出戏复排传承抢救录制的时间，正是钱老生命中最后的那段时光。钱老去世后，我专门采访刘继尧与陈滨，了解到了钱老与《卖兴》第三度复排的一些情况：

昆剧抢救传承工作于 2017 年下半年正式启动，由钱璎、顾笃璜担任艺术顾问。钱老亲自组织开展前期准备，指导拟订抢救传承计划。报告起草完成后，刘继尧去钱老家里请她过目。老人戴起老花镜，反复看了三次，连声说“好！”，同时很认真地说：“书僮（来兴）的‘僮’写成了‘童’，少了个单人旁。”（按：据最新的《现代汉语词典》，现在应作“书童”。）当时身体情况尚可的钱老，表示到时候要去现场观看彩排。

昆剧抢救传承计划很快得到有关部门批复并获得相应的经费资助。刘继尧马上去了钱老家，却被告知老人已经进了护理院，赶到护理院后，他把消息告诉了钱老。钱老说："你看，组织上对'继'字辈是多么重视！你们一定要齐心协力把这三出戏抢救出来。将来录制完成做成碟片后，别忘了拿来放给我看。"

《卖兴》这出戏钱璎看过多次，每次看都忍不住要哭。钱老说，徐老把"来兴"这个小人物刻画得生动传神，简直像"活了过来"一样，"徐凌云等前辈艺术家身上，体现了昆曲作为遗产的真正价值和时代意义"。

在抢救传承昆剧过程中，钱璎还专门为这三出戏添加了文字说明。关于《卖兴》，她是这么说的：

昆剧前辈徐凌云先生，1957 年在苏州新艺剧院表演《绣襦记·卖兴》。据张继青回忆，当时徐老已 70 多岁高龄，演绎 12 岁的孩童，一个倒地打滚，真把兴儿这个人物演活了，博得满堂掌声。

近期，两个昆剧院团在"昆博"（昆曲博物馆）演出《卖兴》，徐老亲授的一些精华已失落。当然，年轻人没有看过徐老的传神表演，不能怪他们。

所以，更觉得有责任把前辈传授给我们的经典昆剧折子戏教给年青的一代，让已经成为世界文化遗产的昆曲薪火相传。

……

2017 年底，抢救录影工作顺利完成，典范精品重获新生。专家评价称，对《卖兴》等精品传统剧目的抢救，凝聚了数代昆剧人的心血，不仅为传承与研究昆曲表演艺术提供了宝贵的资料，而且对于昆曲遗产薪火相传具有十分重要的意义。

玄妙观里“小热昏” 顾曾平 / 绘

老派苏州人的饮食撷趣

文 / 克念

清末民国时期苏州人的风气典雅内敛，又不失市井中的狡黠悠然，谈笑间善于讽刺又谑而不虐。比如，老派的善于饮食者之于酒席台面上最难做的四道菜，就有别出心裁的描述——

对于鸡，称之为“五代同堂”，因为太老；对于鸭，称之为“酒色过度”，因为太瘦；对于鱼翅，称之为“怒发冲冠”，因为太硬；对于海参，称之为“七擒七纵”，因为筷子难以夹住。

这里既有厨司的手艺问题，也有食材问题。比如现在那种肥硕的鸭子，在民国时期是极少的。于是有些饭店就自己养殖。每逢投喂之前，先用竹竿将鸭群驱散，使其奔走不休，据说这样鸭肉就会肥厚多汁。清末时期主经营面点带饭菜的松鹤楼最著名的面浇头是卤鸭，其原料是高价采购的肥鸭。这种鸭腿肉厚实，弹性十足。于是竞争对手放出谣言，说其用的是鹅腿。有鉴于此，松鹤楼索性在店门口杀鸭拔毛以正视听，同时贴出悬赏通告，说如有发现以鹅代鸭者，奖励重金云云。

这几种菜或难做或食材难觅，那么餐馆何苦要将其列入菜单呢？没办法，这和苏州餐饮业的行规有关。

饭店的规矩

当时的餐馆是没有菜单的。每家成功的餐馆都有“镇店之宝”，也就是“掌作”（即厨司）。但也有些促狭的客人甚至是同行前来挑衅，点一些比较难做的菜肴，考验厨司的功夫。

“戏子的腔，厨司的汤。”民国时期的厨司有两个功夫是必备的。一个是刀工，比如一方火腿，普通厨子能够切三十五片，但“掌作”就能切五十片。这个不难，勤学苦练就行。难在熬汤。徒弟跟司务学，其实大半学的不是如何做菜，而是如何熬制清汤。一般而言，厨司会将一些不值钱的鸡脚猪骨反复熬制，再加以干贝淡菜，吊出清汤，清澈见底。然后将一锅子汤一直炖在炉子上，覆盖以面巾纸。厨司烹饪的时候，舀上一勺浇在出锅的菜上，香气四溢，鲜美无比。

那时的餐馆多是开放式厨房，虽然油烟会腾进客堂，但顾客可以清楚看到厨司如何切割食材，如何开火下锅。大司务做汤总是拣夜深人静的时候——这才是他们真正的“吃饭本钱”，最怕被人学去，因此只能保密。

餐馆业的发展

苏州经济社会最繁荣的清乾嘉时期，在虎丘景区有三家大型餐馆，确切地说，是三座私家园林中的餐馆。但此时“社会饭店”尚未形成气候。

乾隆廿二年（1757），苏州成立了面业公所。道光初年，“膳业公所”成立，其成员并非餐馆，而多是为人举办宴席的从业者。光绪廿八年（1902），由松鹤楼老板徐金源及其好友、天和祥的经理张文炳发起，在东美巷成立菜馆业公所。十五年后，张文炳接盘徐家生意，松鹤楼这块老招牌重新焕发光彩，现代苏帮菜系逐渐形成。

苏式靓汤 于祥 / 摄

清末在苏州工作的厨司大多数是无锡人，而无锡雅称“梁溪”，因此苏州的餐饮业同业公会，一般也被称为“梁溪公所”。

民国初年的餐馆大多集中在临顿路苹花桥一带，因此有“吃煞临顿路”的说法。二十世纪二三十年代，由于石路地区距离火车站近且水路通达，许多商行钱庄都集中于此，此地的餐饮业也发达起来。苏州沦陷后成为汪伪江苏省政府。此时察院场已经贯通火车站，加之观前街改造和北局的大规模开发，餐饮业中心开始转移到太监弄，因此又有了“吃煞太监弄”的说法。

据 1927 年的统计，苏州较大的餐馆有近五十家，其中一半经营苏帮菜，有九家经营徽帮菜。到沦陷时期，此数量整整翻了一倍。这也是畸形繁荣的一个表征。

太监弄餐饮馆林立 于祥 / 摄

特色小吃

无论是餐饮还是小吃，苏州的饮食行业划分非常细致。比如酒馆、菜馆就不是一回事，点心店中，糕团店和饼馒店也不是一回事。小吃店中，糖果店和茶食店更不是一回事。

苏州饮食业的繁荣，是因为背后有着庞大的从业团队。玄妙观三清殿背后从前是中山会堂，20 世纪 20 年代则是属于玄妙观的弥罗宝阁，被大火焚毁以后一直没有重建。于是 3000 平方米的废墟上布满了一个个小吃摊，这就是苏州小吃业繁荣的资源基础。

由于行业中一直有“传子不传女”的陋习，因此有些盛极一时的小吃如今已经踪迹难觅，比如“水晶汤团”。这是一种外包糯米粉的小团子，馅料是猪油和白糖，放在锅里慢慢氽熟，捞出来呈透明状。

苏州小吃最有意思的地方就是当场吃——趁点心刚刚出锅余热未散的时候马上食用，否则皮松汤散，毫无咬劲。因此这些小吃摊边一直有非常奇特的场景：衣冠楚楚的绅士淑女站在摊边当众大嚼，一点都不顾个人形象。黄天源的肉饺出锅的时候，也有此“盛况”。

“小热昏”

玄妙观还有售梨膏糖。这同样是一种文化现象。

当时苏州城里的小河上，经常会停泊一只只小船。船上人白天就在岸边熬制梨膏糖。到了傍晚，他们便到事先选好的场地（一般是玄妙观）去卖糖。一路上大声敲锣呐喊，以吸引市民注意。

卖糖人到了地方便支起横幅，上面写着自己的艺名。一般都姓“筱”（“笑”的意思），名字不是“筱嘻嘻”就是“筱哈哈”。然后用木箱搭起台子，竖起马灯，再把自己化装成类似小丑的滑稽模样。

等到观众围成几圈，卖糖人先不卖糖，开始讲笑话，也就是清末“脱口秀”——一般都以当时发生的新闻为主，穿插了戏谑的评论，还有一些好听的小调和颇为繁复的杂技。等把观众的胃口吊足了，卖糖人便戛然而止，开始兜售梨膏糖。观众看到兴头上当然也不愿离开，于是把糖买下来，艺人又开始了下一场表演。

这种曲艺形态虽然深受人们喜爱，却难登大雅之堂，因此从来没有个正式名目。到了1905年，玄妙观有个卖糖人叫作陈少亭，因谈吐夸张，造型古怪，成为人们争相追捧的“明星”，还给他取了个绰号，叫“小热昏”。“热昏”是吴语中的贬义词，指此人言行荒诞，像发了高烧的病人一样胡说八道。但滑稽戏的魅力也在于此，能够吸引观众并留住观众买糖的魅力也在此。

花沁心脾

一坛叫人上瘾的桂花酒

文、图 / 熊猫君

桂花是人们经过了闷炙浮躁且悠长的夏季后等来的一股清流。也就几天工夫，若是中途再来一趟淅沥落雨的天气，满城的桂花香就突然消失了。望着一地落英，连十岁的儿子都在遗憾："妈妈，我们与桂花之约，就这样结束了吗？"

对桂花的偏爱源于某种幸福感。桂花的香气会刺激人体分泌多巴胺，多巴胺会让人感到满足，这是对桂花香味上瘾的生理解释。但若是考究桂花的历史，就会发现其实并没这么简单。江南遍植桂花，然而桂花的原产地并不在这里——它是从喜马拉雅山一带跨越了三千多公里，一路向东弥散的。

想来，人们一定是为了留住有桂香的秋天才发明了桂花酒。桂花酒的作用虽等同于酒，却完全凌驾在酒之上。

有了桂花，酒才有了灵魂。

汉代以后，桂花酒在中国就一直被当成祭祀神灵的祭酒。祭祀是古时人们生活中一桩特别重要、神圣的事情。寻常的酒肯定是不行的，必须得是能引起强烈情绪波动的酒。因为人们认为，能引起情感波动的东西一定具有某种神力，可以用来和神灵沟通。

花是出世之物，酒是红尘之物。桂花酒，自然而然成为“连接天和人”的灵媒。曹植《仙人篇》有云：“玉樽盈桂酒，河伯献神鱼。”在河伯的面前，带着魂魄，散发浓郁香气的花木居然有了凶猛的气质。

用植物与天、地、神进行沟通的祭祀活动，其实在世界各地都很普遍。比如在墨西哥有一种“裸盖菇”，人们认为这种蘑菇可以将人的灵魂引向天堂。古代玛雅人把一种有毒的青蛙奉为圣物，也是因为它有致幻作用。印第安人在祭祀中会服用一种仙人掌，它的肉茎中含“墨斯卡灵”生物碱，只要服用一点点，一个小时后人们就能进入梦境。

当然，跟这些“迷幻药”比起来，桂花酒只是让喝的人内心体验变得更加微妙，绝对安全。

用桂花酿酒，应该是“香妙非常”的事情。曾看过网红美食达人的酿酒法：采集桂花，晒干后倒入烧酒中，装在坛子里，使之持续发酵，数月后，芳香四溢的桂花酒就酿出来了。这种将随手摘下的桂花泡在酒中的做法，就像《红楼梦》里的合欢花浸烧酒，但这只是在酒中加入花香，桂花也只是配角。用桂花泡酒，是寻常人家的做法，上不了大的台面。

上好的桂花酒，桂花和酒都不是敷衍的。

明代高濂撰写的《遵生八笺》里提到过做花酒的一种榨酒法：“十月采甘菊花，去蒂，只取花二斤，择净入醅内搅匀。次早榨，则味香清冽。凡一切有香之花，如桂花、兰花、蔷薇，皆可仿此为之。”

大体的意思是，把花投入还没有滤过的酒糟和酒中，然后在槽床上用重压法完成榨酒，让新鲜花汁与酒液相互融合。不仅仅是花香，花的精华也能融入酒液中。每一口酒，都是盈满唇齿的桂花香，这是先祖的智慧。

左：封藏 右：清香

中国有千年古老的自然农法制酒工艺。千百年来，桂花酒的故事依然在继续着。

吴江桃源镇紧邻太湖，背靠古运河。这个地方的水特别活，硬度低。好水酿好酒，让酒也有了名气。明末清初时，小镇上的酿酒作坊多达 250 户。每当桂花开时，桃源人就会想到将香味飘逸的桂花揉进麦曲，因此传统的黄酒便有了桂花的甜香。

而要找到会用古法酿桂花酒的人就全凭缘分了。

从苏州市区开车去桃源镇大概要一个多小时。我经朋友推荐，这次到镇上找一个叫杨玉良的酿酒人。据说杨玉良的酒全部由古法酿制，因为味道极好，每到金秋，他的桂花酒都是最受人们欢迎的。

顺着思源桥、思源河一直往南便是杨玉良的酒库。房子是用土墙围成的，人还没进去就能闻到一股醇郁的酒香。上了年代的陶土大缸和酒坛子一个挨一个摆放，但都还不是桂花酒，而是黄酒。他从坛子里舀了一点让我品尝，那口感醇和绵厚入口回甜，原来，上好的黄酒是这样的味道！

上：开坛 下：隔坛闻香

酿桂花酒要等到冬酿时节，最好是冬至以后，用新收的糯米和江浙一带收来的桂花酿酒。江浙一带入秋晚，立秋之后白天炎热如暑，到了夜晚又凉风飕飕。这种忽冷忽热的差异让生长缓慢的桂树更容易凝香聚气。而糯米也有讲究，一般是用安徽的圆头糯米，价格要比尖头糯米贵不少。但圆头糯米淀粉含量高、含水量小，酒的口感要好，水分一定要少。酿酒时兑水的比例也要严格控制，比如一斤米兑一斤二两水。要想做出的酒好喝，成本上就要舍得。

可惜杨玉良酒库的酒缸里放的都是陈酿的黄酒，他的桂花酒大多用于招待朋友，如果有人想要买，就零星地送个一两瓶，根本没有售卖这个说法。

厚着脸皮，只能讨一杯桂花酒来喝。杨家的桂花酒酒色明亮如琥珀，只因为融入了东方的花草气息，让清白的酒水也有了底蕴。若是天冷，酒先温一温，浓烈的香气发散出来，远比直白的花蜜更加馥郁，口感层次也更多变。

尝酒没任何犹豫。桂花酒赋予的欢喜和满足，已无法言说。这样的酒，应该多少人吃醉了都不知道是怎么一回事儿吧？

杨玉良说，桂花陈酿的口感不同于初酿。比如今年的桂花酒制作出来后就要进行封存，五年后才可以开坛饮用。经过时间沉淀的酒，上口虽然浓烈张扬，但会回味不断。用好的粮食酿造出的酒会完全守住桂花特有的甘甜，真的会让人有口吐幽兰的感觉。一杯桂花酒下肚，叫人装得下清醒，也装得下恍惚了。

小心，好的桂花酒会让人上瘾哦。

吃蟹那点事

文 / 何笛

水沟里捉蟹 顾曾平 / 绘

秋风起，蟹脚痒。秋天是一年中吃蟹的最佳季节，以蟹为主题的各种美食活动纷纷亮相，各人收获着各自的喜悦与快乐。

蟹在成为舌尖上的美味之前，只是一种奇形怪状的动物。人们不光不知道它有何用，甚至可能还觉得它有点可怕。所以鲁迅先生才会说，第一个吃螃蟹的人是勇士。后来的人，把敢于创新、敢于率先实践之举，称为“吃螃蟹”。

人类在吃了螃蟹之后，发现螃蟹竟是这么一个好东西，于是，就有了与螃蟹有关的神话传说。此类传说中，最让人解气的，要算“小泥人法海”了。“法海”是个啥玩意呢？其实就是蟹身上的肺，是不能吃的。肺怎么成了“法海”？这和白娘子的传说有关。因为法海和尚的一念私心，白娘娘不得不抛夫别子，被镇在雷峰塔下。后来，玉皇大帝或观音菩萨派天兵天将捉拿法海，法海无路可逃，最后钻进了蟹肚里。我们吃蟹时，把“法海”挑出来，要用针刺几下，这也算是为白娘娘出了一口恶气。

至少到明清时期，蟹已成了餐桌上的美食。

鱼米之乡的吴江，也是蟹的主产地之一，有自己独特的高品质蟹种——分湖蟹。

明代女诗人、午梦堂主叶绍袁的夫人沈宜修在一首诗中有句“小篰分来紫蟹肥”，诗中的紫蟹，就是分湖蟹。它最大的特色是两只螯（吴江话说钳）一大一小，大小螯的分湖蟹生长在水质清冽的分湖中，肥美甘甜。

传说，春秋时吴越争霸，吴相国伍子胥在分湖设点将台操练水军，后与越军作战，分湖蟹前来助阵，无数的蟹掉了螯。再长出来时，就成了一大一小，成为分湖蟹的招牌。而分湖蟹别称子胥蟹或紫须蟹，可能是蟹须带紫色的缘故吧，因子胥蟹而称紫须蟹，还是紫须蟹谐音子胥蟹，没有确切答案，我猜想后者可能更符合事实。

鱼米之乡也是蟹的主产地 于祥 / 摄

我在想，如果有有识之士，能开发分湖蟹的养殖，一定能像重振鲈鱼一样，重振分湖蟹的品牌，这必将是吴江的又一张亮丽名片。

在我成年之前，蟹远不如现在金贵，甚至可说是不值钱的。市场上没有卖蟹的也没有买蟹的，想吃蟹，自己抓去呗。

抓蟹，下河是一招。用小的蟹网，就如同缩小版的罾，顶上系一条高粱穗，放入活水的河湖里，过段时间拉上来，网里会爬着几只蟹。

另一招，是在水沟里，用一根细长的柔软竹片，一端绑一片 T 字形的铜片，见到有水的洞，将铜片一端轻轻地伸进去。铜片遇到蟹，会有轻微的摩擦声，表示洞里有蟹。蟹会随着铜片爬出来，在洞口就能轻松抓住。还有一种方法，则是用草塞住洞口，过一会儿，拔掉草，草上会附着一只蟹的。

清水煮（蒸）蟹，最能保持蟹的原汁原味和蟹的营养 于祥 / 摄

记得我高考那年是在 7 月的 7、8、9 日，正是一年中最热的时候。高考前一天的下午，我午睡起来，不想复习，信步走出校门。那时我们吴江中学大门对面就是学校的农场，农场外是大片的农田。我在田野里漫步，沿着一条长长的水沟一路走，一路拔了草塞洞口。一圈回来，手里便提了两串用草捆扎起来的蟹，顺道去送给住校的班主任。结果出乎意料，我竟被班主任结结实实地骂了一顿。当时我不以为意，后来我常以此经历告诫学生们，读书的关键还是要抓紧平时。

蟹的吃法有很多。吴江人喜爱面拖蟹和清水煮（蒸）蟹，清水煮（蒸）蟹最能保持蟹的原汁原味和蟹的营养。蟹是寒性的，吃了蟹，最好要喝一点姜茶，驱驱寒，对身体更有利。

不管怎么说，蟹是必须活的才能吃。死蟹是有毒的，吃了可能会有问题的。馋嘴吃死人的事也是经常有的，切不可贪一时的口腹之欲。

刚刚炒制好的太仓肉松

太仓街头的肉松传奇

文、图 / 茅震宇

太仓虽然地处江南鱼米之乡，并与上海接壤，自古属富庶之地，但知名度却不如相邻的昆山、常熟那么高。这可能与太仓地小人少有关，也可能是太仓缺少名山、名川、名人的缘故。以前，外面的人对太仓的知晓度都停留在“太仓肉松”上。太仓人就开玩笑说“太仓肉松”是上帝安排给太仓的名品。

其实，太仓肉松的发展历史，折射出的正是经济社会发展的历史。

猪肉市场零售价格放开，猪肉可能是改革开放后首批价格放开的重要民生必需品。1985年夏，经过改革开放后四五年的调整和积累，国家决定放开生猪收购和猪肉市场供应。在猪肉价格放开前一周，国家不仅要确保原价供应，还要确保供应量。当时太仓唯一能经营肉的食品站一反以往只供早市的做法，从早到晚都提供肉。

好多人家就想抢在价格放开前囤积点肉。购买的人往往是十几斤、几十斤地拎着走。但那时冰箱还没进入寻常人家，正值夏季高温，既不能腌制又吃不完。于是那几天，太仓家家户户都在炒肉松，满城满街都是肉松香。

天天晚上爱喝上几口的阿四，那几天只见他喝酒不见他吃菜，问他怎么不要菜，他说：“你闻闻，一口肉松香，一口酒，味道交关灵。”这虽然是阿四的笑话，但炒肉松的香味的确能让人垂涎欲滴。

在计划经济时代，人们想要吃肉松很不容易。就算有了肉票也不一定能买到鲜肉。我出生在“大跃进”后的困难时期，有次我父亲打听到城郊有母猪难产死了，生产队里在分肉，就求爷爷告奶奶地才算弄到斤把死猪肉，算是让正在坐月子的我母亲增加了点营养。那个时候，太仓肉松是只闻其名不见其影，仅剩的一家国营肉松厂，也改做腌咸菜了。

改革开放初期，市场供应稍有好转，但仍物以稀为贵。那时婚宴上能摆一盆肉松，就证明主人家既有实力又有办法。人们走亲访友、探望病人，送一包肉松也是很上档次的。直到今天，肉松仍不失它的魅力，高档宴席上金黄的肉松冷盆不失光彩，平时家常餐桌上肉松与皮蛋、豆腐配伍好看又好吃。因为是干制肉食，还可以常备，在没菜或突然来客时，肉松拿出来既方便又体面。

左：刚刚炒制出锅的太仓肉松 右：琳琅满目的太仓肉松

太仓的城市精神中有“精致”一词，而太仓的肉松也从食物方面证明了这一点。用来炒制肉松的猪肉要细细剔除筋皮、肥肉、骨头，加茴香、丁香、桂皮、绍酒、葱姜、酱油、糖盐等，还一定要用铁锅，先硬柴焖煮、大火收汁，再软柴中火炒干，然后边铲边手搓至酥松，为口感好再加一点点熟豌豆粉。太仓人自夸“会做菜的就会炒肉松”，说说容易，真要做得好还是需要技术的。

传说肉松是明代太仓一位倪姓厨师研创的。后来太仓的陆状元到广东做官，因想吃家乡菜就把倪师傅请去掌勺。陆状元官邸宴席上的肉松大受欢迎，便流传了出去，后来又传到福建、台湾一带。1915 年，太仓肉松参加了巴拿马太平洋万国博览会（“世博会”旧称），斩获金奖，这让太仓肉松名声大振。

进入市场经济后，太仓肉松也受到了考验。太仓曾经一度出现很多肉松小作坊，有的掺杂病死猪肉，还有的加入过量的盐和黄豆粉。这种情况被中央电视台《每周质量报告》节目曝光，性情一向敦厚温和又内敛的太仓人愤怒了，好端端的一个地方名品不能就这么被毁了。于是行政职能机关迅速出击，市民群众也都自发参与到品牌保卫战之中，发现线索立马举报，使假冒伪劣无处藏身，还了太仓肉松一个清白。现在太仓肉松的生产企业中，既有老牌国企，也有创制者倪厨师后人的家族企业，不仅如此，太仓肉松还有了原产地证明商标。

美味的太仓肉松骨头

二十年前，一家德国企业负责人到上海进行投资考察，工作之余他跟中国朋友到上海周边游玩。在太仓老街上，德国人被一阵阵特别的肉香吸引。他闻香寻找，看到临街一户老宅内一位穿着干净利索的老太太正在炒肉，便问这是做什么菜，老太太告诉客人这是炒肉松。德国人不明白肉松是什么，老太太就热情地留客人品尝，还边炒边与客人讲太仓肉松的故事。

德国人听得津津有味，在品尝了刚出锅的肉松后又吃得津津有味。不久他就决定把企业落户在太仓。他给出的理由是，太仓的普通老太太都这么熟悉历史文化，说明这个地方的人素质不低；而能有这么精致美味的食物，说明这里的人做事精致考究。这些都符合德国企业的理念。

这位德国人的判断赢得了德国同行的认同，二十年后的今天，太仓的德资企业已超过三百家了，是中国德企最集中的县级市，太仓也成了在德国蛮有名气的中国城市。

太仓肉松问世六百年来，历经沧桑，而近四十年来的这段历程，最能让人品味出时代的味道。